童話大語文

漢字篇上 漢字的演變

陳夢敏　著
冉少丹　繪

新雅文化事業有限公司
www.sunya.com.hk

目錄

記住啦，記住啦

（知識點：漢字起源）

很久很久以前，大家記事都要靠腦子。可是，要記的事情那麼多，光靠腦子怎麼夠呢，肯定會經常忘事啊。

有個叫張三的漁夫，有一天他拉網的時候，突然想到 💡：**繩子**可以做成漁網，用來網魚，是不是也能用來記事呢？我可以這麼辦——記錄事情時，就用繩子打個結……

於是——

張三打到了一條大黃魚，他用繩子打了個結，記住啦！

張三撿到了一個好看的貝殼，他又用繩子打了個結，記住啦！

張三在七天之後要去拜訪朋友，他還用繩子打了個結，記住啦！

張三能記住很多很多事，他成了村裏最聰明的人。

　　但張三有時候也會記錯事，因為繩子上的結太多了，時間一長，他就忘記那些繩結分別代表什麼事了。

　　李四是個獵人。有一天，他在磨長矛上的石箭頭 的時候，突然想到：**石頭**這麼堅硬，可以做矛頭，也可以用來做記號、記事情呀，我可以這麼辦⋯⋯

　　李四拿起石塊，在石壁上畫了一隻野山羊，記住啦！畫一條花蛇，記

住啦！畫一隻梅花鹿，記住啦，記住啦⋯⋯

李四的畫，比張三的繩結更清楚，一看就知道記的是什麼，時間長了也不容易遺忘，所以，大家又都學李四，開始用**畫畫**來記事。李四成了村裏最聰明的人。

　　但畫畫是一件非常耗時間的事，有時，大家就會嫌太麻煩。

　　後來，有個叫倉頡的**聰明人**想：我能不能用更簡便的方法來記事呢？於是，倉頡把這個疑問擱在了心裏。

　　有時候，倉頡會仰望天空，白天的天空中有太陽和雲彩 ⌢ ⌢ ，夜晚

的空中有月亮和星星。

　　有時候，倉頡會俯視大地，大地上有山，有石，有水，有火。

　　有時候，倉頡會觀察身邊的鳥獸蟲魚、花葉瓜果。

　　終於，倉頡有了靈感，他決定用最簡單的線條來記事：

　　太陽圓圓的，向四周散發光芒，那就在一個點外面加上一個圓，代表太陽。

　　水波起伏，有時會濺起亮閃閃的水花，那就畫一條曲線加幾個點，代表水。

月上柳梢頭，彎彎的月亮掛夜空，
那就畫一個月牙的形狀，代表月亮。

　　大家都説：「倉頡的這個辦法好，是**倉頡**創造了文字。」

　　跟着倉頡學，大家都能以最簡便的方式，記住很多很多事了。

　　家裏多了一頭牛，寫個 ψ 字，記住啦！

　　該補漁網了，寫個 ⊠ 字，記住啦！

　　該磨大刀了，寫個 ♪ 字，記住啦！

　　後來，**倉頡**的名字就被大家記住了。幾千年後的今天，他的名字還在我們之間流傳！

倉頡是誰呢？

倉頡是中國神話人物。他原姓侯岡，名頡，又稱史皇氏。《説文解字》裏説倉頡是黃帝時期造字的史官，也有文獻説他是上古時期的部落首領。

傳説倉頡有「四目雙瞳」，他看見鳥獸的足跡，就想：如果能抓住事物的特徵畫出圖像，讓大家都能認識，不就可以記錄事情了嗎？就這樣，倉頡便開始仔細觀察身邊的事物，然後按照事物的特徵畫出圖像，造出了**以事物輪廓為標誌的文字符號**。倉頡造字的傳説就這樣流傳下來。

倉頡原來有很多個？

當然，就像作家魯迅説的那樣，倉頡不止一個，有的人在刀柄上刻一點兒圖，有的人在門戶上畫一些畫，心心相印，口口相傳，文字就多起來了⋯⋯其實，我們的漢字不是某一個人的發明創造，**而是中華民族充滿智慧的祖先共同創造出來的**。

1. 趣味字謎

- **字謎 1**

  畫時圓，寫時方；冬時短，夏時長。

- **字謎 2**

  千字頭，木字腰，太陽出來從下照，人人
  都説味道好。

- **字謎 3**

  一點一畫長，兩點一橫長。你若猜不出，
  站着想一想。

2. 猜猜看

你知道下面的甲骨文對應今天的哪
個字嗎？

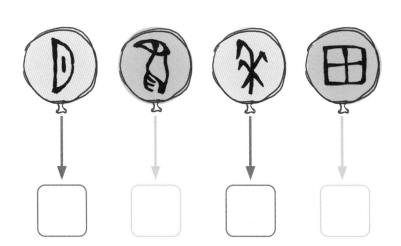

小魚的時空旅行

(知識點：漢字演變)

　　小魚生活在蔚藍的大海裏，這裏有高高的珊瑚、長長的水草，還有閃着幽幽的光的小水母。小魚喜歡跟大家一起快活地游來游去，但他更喜歡——

探險！

　　一天，小魚發現了一艘古老的沉船。這可是個探險的好地方！

　　是什麼東西，在黑黢黢的船底一閃一閃的？小魚被一束奇妙的藍光吸引，他擺擺尾巴游了過去。當他通過一扇敞開的小門游進一條隧道之後，門砰的一

聲關上了。牆壁上出現了一行字：歡迎來到時光隧道，找到鑰匙，才能離開。

隧道裏的光芒溫柔極了，小魚想，這一定是一條友好的隧道，再往前游一游吧。

不一會兒，小魚遇到了一條薄得像紙一樣的魚。

「嘿，小傢伙，我也是魚。」奇怪的傢伙說，「我是楷書中的魚。算起來，我快兩千歲了，你也許該叫我爺爺的爺爺的爺爺……」

小魚差點被繞糊塗了，他不知道該

管這條古老的魚叫多少個爺爺。不過他挺高興的。「親愛的老老老爺爺，您能帶我游出這條隧道嗎？」

「不能，我的力量還不夠大，你得再往前游一游。」古老的魚交給小魚一張 紙片 做幸運符，上面端端正正地寫着：魚。

小魚繼續往前游，他又遇到了一條更古老的魚，像絲帛做成的。

「我想，您也許是我爺爺的爺爺的爺爺的爺爺的爺爺？」小魚覺得自己都快結巴了。

「孩子，我是**隸書**中的魚，已經很久沒有人來看我了。」

「親愛的老老老老爺爺，您能帶我游出這條隧道嗎？」

「我的力量還不夠大，你得再往前游一游。」絲帛魚交給小魚一條絲帕，上面端端正正地寫着：**魚**。

游啊游，游啊游，小魚遇見了一條竹片魚。

「您一定比絲帛魚年紀更大、更古老，對嗎？」

「真是個聰明的孩子。我是**小篆**

中的魚。我算算，我出生於秦朝，是不是很久遠了？」

「是呀，尊敬的老老老老老爺爺，您能帶我游出這條隧道嗎？」

「我的力量還不夠大，你得再往前游。」竹片魚交給小魚一塊 竹簡 上的竹片，上面端端正正地寫着：魚。

不一會兒，小魚又遇到了一條奇怪的魚，他看起來是金屬做的。「老老老老老老爺爺，您好。」

「我是 金文 中的魚，你瞧，我是一條青銅魚。」青銅魚慢吞吞地說。

「那您能帶我游出隧道嗎？」

「暫時還不行，孩子，你得再往前游。」青銅魚交給小魚一塊青銅器碎片，上面端端正正地寫着：。

後來，小魚又遇到了一條黑乎乎的魚，他看上去好像……烏龜的殼。

「要是我沒猜錯的話，您該是我的老老老老老老老爺爺了吧？」

「我是**甲骨文**中的魚。」超級

古老的魚說，「我這裏有最古老的幸運符。」甲骨魚給了小魚一片龜甲，上面端端正正地寫着：。

這時，奇妙的事發生了，幾個幸運符同時發出奪目的光，變成了一把金燦燦的鑰匙，將小魚送出了隧道。

四周都是幽深的海水，小魚覺得他這次的探險真是完美極了！

知識加油站

漢字的演變

　　漢字的歷史源遠流長，經歷了從甲骨文、金文到篆文、隸書、楷書等演變，才成了我們現在使用的漢字。

甲骨文：刻在龜甲、獸骨上的文，多在商朝使用。

金文：鑄或刻在青銅器上的文字，商周時期使用較多。

大篆：周朝時期普遍採用的字體，筆畫比較複雜。

小篆：秦始皇統一六國後，採取李斯的意見，推行統一文字的政策，對漢字進行簡化，在全國推行，這種新字體叫小篆。

隸書：由篆書簡化、演變而成，是漢朝通行的字體。

楷書：漢朝以後，隸書又演變為楷書。和隸書相比，楷書字形結構基本沒有大的變化，書寫更為簡便，也是現在通行的漢字手寫正體字。

甲骨文	⊟	☽	車	馬
金文	⊙	⊅	車	馬
小篆	日	⼣	車	馬
隸書	日	月	車	馬
楷書	日	月	車	馬

1. 連連看

請將字的演變用線連起來。

甲骨文	金文	小篆	隸書
〵〵〵	〢〳	日	水
山山	〇	〢〢〢	山
〇	山	山	日

2. 排排坐

請將左面的漢字按照出現時間的先後進行排序。1 表示最早，5 表示最後。

胖胖豬的留言條

（知識點：象形字）

　　快樂狼出門 的時候，看到門上有一張留言條，這是胖胖豬留下的。

　　胖胖豬還不會寫字，所以他在留言條上畫了一把傘 。

快樂狼看懂了，胖胖豬是想説天要下雨了，提醒自己記得帶傘。胖胖豬真是自己最最要好的朋友呀，快樂狼看了心裏很感動。

胖胖豬很喜歡給快樂狼畫留言條，反正自己隨手畫一畫 ，聰明的快樂狼都看得懂。

但是，他也有出錯 的時候。

這天，胖胖豬給快樂狼畫了一張留言條。他想讓快樂狼給他帶個 **西瓜** 回來。

結果，快樂狼抱着一個 **籃球** 回來

了。

　　胖胖豬畫得不太好，而圓圓的東西又那麼多，這也怪不着快樂狼，對吧？

　　有一次，胖胖豬給快樂狼畫了一張

26

留言條 ，他想讓快樂狼給他帶盒 **餅乾** 回來。

結果，快樂狼帶回了一塊**木板**。

胖胖豬畫得不太好，而 方方 的東西又那麼多，這也怪不着快樂狼，對吧？

胖胖豬沒怪快樂狼，可快樂狼卻對胖胖豬說：「你該學會寫字了，寫字其實一點兒也不難。很多字，比畫畫還簡單，也更容易讓別人理解 ，你想要表達的意思不會出差錯。」

對呀，要是會寫西瓜，快樂狼就不

會帶回籃球了；要是會寫餅乾，快樂狼就不會帶回木板了。胖胖豬去跟山羊爺爺學寫字，果然，寫字一點兒也不難。筆畫呢，都是非常簡單的線條，什麼橫呀，豎呀，點呀，折呀⋯⋯比畫畫省事多了。

而且，從前的字，其實都是從圖畫演變而來的。胖胖豬覺得，記住字也很簡單。

比如「山」字，就像三座山連在一起 。

比如「人」字，就像一個雙臂下

垂站立着的人 。

比如「口」字，那不就是一個張大的嘴巴 嗎？

胖胖豬越學越有興趣，沒過多久，他就從山羊爺爺那裏學會了很多字。

「我可以真正地寫一張留言條給快樂狼了！」胖胖豬想。

於是，他拿出紙和筆，寫了一張留言條，悄

悄地貼在快樂狼的門上。快樂狼看見後一定會又吃驚又開心吧？他會知道自己在胖胖豬的心裏有多重要！胖胖豬想着快樂狼高興的模樣，忍不住摀着嘴巴偷偷地笑。

誰知道，過了一會兒，快樂狼很不高興地跑來了：「胖胖豬，瞧瞧你都寫了什麼？學寫字，認真是最最重要的！」

原來呀，胖胖豬想寫：快樂**狼**，我**愛**你。

因為他有點馬虎了，竟然寫了兩個

錯別字，寫成了：快樂**娘**，我**受**你！
唉，這個胖胖豬呀！

學會寫字很重要

　　胖胖豬用圖畫的形式寫留言條，源於他對文字的不熟悉。其實漢字的最初形態也是圖畫文字，象形就是一種最原始的造字方法。不僅中國的漢字，埃及的象形文字、蘇美爾的楔形文字（由古代美索不達米亞人發明）、古印度文，都是從原始社會最簡單的圖畫和花紋演變而來的。

　　然而，人們很快就發現有些東西是畫不出來，或者畫出來不好區分的。這些時候，象形字就顯得不夠用了。

漢字的造字方法

　　中國古人以象形字為基礎，給漢字增加了其他的造字方法，分別是**會意、指事、形聲、轉注、假借**，它們和**象形**一起，被後人稱為**「六書」**。

　　故事中的「狼」字是個形聲字，左邊的「犬」是形旁，表示字的意思與犬有關，右邊的「良」是聲旁，表示字的讀音與它接近。我們一般認為「娘」也是個形聲字，左邊的「女」是形旁，表示字的意思與女性有關，右邊的「良」是聲旁，表示字的讀音與它接近。胖胖豬弄錯了偏旁，寫錯了字，所以，在**學習漢字的時候，要理解每個漢字的含義，才不會寫錯字喲**。

犭 ＋ 良 ＝ 狼

女 ＋ 良 ＝ 娘

猜字組詞

下面每組甲骨文的字形都很相似,請猜猜它們是今天的什麼字。然後,試着用該字組成 2 個詞語吧!

甲骨文	現今的字	組詞❶	組詞❷

魔法小刀分分分

（知識點：拆解會意字）

　　「這把刀看起來還不錯，我來試試。」這一天，小魔女用魔法做了一把小刀，小刀非常漂亮，看上去很好用。

　　「小刀小刀，快去切馬鈴薯。」小

魔女指揮着魔法小刀。

小刀神氣十足地朝前走了幾步，發出了「唰唰唰唰」的聲音。

「好像很賣力的樣子。」小魔女忍不住嘴角往上翹。

可是，砧板上的馬鈴薯還是圓滾滾的，連一小塊皮也沒有掉。奇怪的是，小魔女放在窗台上的花苗不見了，窗台上出現了一小塊田地。

　　怎麼回事？小魔女有點莫名其妙，又指揮小刀：「小刀小刀，可別鬧，給我切個蜜瓜。」

　　可誰知，小刀壓根兒不聽她的，一扭頭就奔出了廚房，從屋裏跑了出去。

　　「停下，快停下！」小魔女氣得直跺腳，可是，小刀現在根本不聽她的命

令。

「唰唰唰唰⋯⋯」

路邊有一個**人**，正靠着樹**木休**息，魔法小刀跑到路人和樹木中間，比畫了幾下。

路人背後的大樹立刻邁開步子走掉了。

　　「咦，樹呢，上哪兒去了？」路人身後一下子變得空落落的。

　　小魔女追呀追，看見路旁有一位老爺爺正在傷心地流眼淚呢。

　　「老爺爺，您這是怎麼了？」

　　「一把奇怪的小刀經過，我辛辛苦苦養的**豬**跑了，我的**家**也沒了！」

　　「魔法小刀又闖禍了，我這就去把他追回來！」小魔女加快了腳步。

經過小樹林的時候，小魔女沒有聽到小鳥們嘰嘰喳喳的**鳴**叫聲。

小魔女一看，糟糕了，肯定是魔法小刀經過時在這裏晃來晃去，嚇得小**鳥**們都不敢發出聲音！

「快跟我回去，跟大家挨個兒道歉！」小魔女終於抓住 🖐️ 了魔法小刀。

「你看看，小鳥們都不能唱歌了！老爺爺沒了家！想休息的路人被曬得滿頭是汗！看到這些，你心裏過意得去嗎？」小魔女嚴厲地對小刀說，「我要收回你的魔法！」

不過，當他們回到家的時候，發現家裏發生了火災 🔥。

小刀使勁往前一跳，飛快地發出了「唰唰唰唰」的聲音。

哇！一團團**火**消失了，一場火**災**

頓時沒了影兒。

　　小魔女忍不住笑了：「魔法小刀，我決定不收回你的魔法了，以後你就專門去撲滅火災，好不好？」

41

知識加油站

什麼是會意字？

用兩個及兩個以上的獨體漢字，根據各自的含義組合成一個新的漢字，這個**新的漢字的意義由各部分的意義合成，這種造字法就叫「會意」**。魔法小刀切開的字都是「會意字」。

拆解會意字

比如，「**苗**」的小篆寫作 ，有「田」，還有「艸」，田裏長着小草，就是「苗」。

「**休**」的甲骨文寫作 ，表示一個人靠着樹休息。

「**家**」的甲骨文寫作 ，外面像房屋，後來演變為「宀」，裏面像一頭豬，後來演變為「豕」（粵音：始）。有人認為古代的人們常常把豬養在自己居住的地方，所以「家」就表示人居住的地方。

「**鳴**」是「鳥」字加「口」字，合起來表示鳥張口叫，鳴最早就是指鳥叫，後來範圍擴大到動物的鳴叫。

「**災**」的甲骨文寫作 ，「巛」表示水，下面是「火」，表示水和火都可以造成災害。

上下左右拼

魔法小刀又調皮了！他把幾個會意字切開了，你能把這些字復原，並寫出這些字原本是什麼樣子嗎？

小熊毛毛睡不着

(知識點：發掘更多會意字)

月亮升起來了，又到了該睡覺的時間。可是，小熊毛毛卻怎麼也睡不着。

「**睡**吧，睡吧，毛毛，**眼皮垂下來**，閉上一小會兒，就睡着

了。」熊媽媽邊説，邊拍着小熊毛毛。

「不，我睡不着，我要去找小伙伴玩。」小熊毛毛任性地跳下牀，跑了出去。

小熊毛毛跑到田野間，田間長了草，全是小禾苗。小牛就住在水田邊。

　　小牛，小牛，沒睡覺！他正臥在地上呢，一定在獨自玩遊戲。

　　小熊毛毛跑過去：「小牛，小牛，你也睡不着呀，快來跟我踢足球⚽！」

　　小牛睜開了眼睛：「小熊，別吵，我在睡覺，你不知道，牛兒都是臥着睡覺。你也快回去睡吧，眼皮垂下來，閉上一小會兒，就睡着了。」

「不，我睡不着，我要去找別人玩。」小熊毛毛告別了小牛，接着向前跑去。

小熊毛毛跑到森林裏，**森林**裏，**樹木連成片**，林間藏着大山洞。毛毛鑽進大山洞，蝙蝠就住在山洞裏。

木 ＋ 木 ＝ 林

木 ＋ 木 ＋ 木 ＝ 森

蝙蝠，蝙蝠，沒睡覺！他正倒掛在山洞裏蕩秋千。身子一會兒往左歪歪，一會兒往右歪歪。

小熊毛毛大聲喊 ：「蝙蝠，蝙蝠，你也睡不着呀，快來跟我玩！」

蝙蝠嚇了一跳：「小熊，我剛剛是在睡覺，我們蝙蝠都是倒掛着睡覺。不過，謝謝你叫醒了我，我該出去捕蚊 啦。你快回去睡吧，眼皮垂下來，閉上一小會兒，就睡着了。」

「不，我睡不着，我要去找別人玩。」

小熊毛毛告別了蝙蝠，接着向前跑。

小熊毛毛跑到了沙灘上，水很

少，沙子就露了出來。沙灘邊，有小河。小魚就住在小河裏。

$$氵 + 少 = 沙$$

小魚，小魚，沒睡覺！她的眼睛睜得大大的。誰都知道，眼皮垂下來，閉上一小會兒，才能睡得着嘛。

小熊毛毛大聲喊：「小魚，小魚，你也睡不着呀，快來跟我玩！」

小魚擺擺頭，又擺擺尾巴 ：「小熊，我剛剛是在睡覺呀，我們魚兒沒有眼皮，都是睜着眼睛睡覺的。你就不一樣了。你快回去睡吧，眼皮垂下來，閉上一小會兒，就睡着了。」

小熊跑呀跑，發現大家不是在睡覺，就是要出去工作啦，誰也沒工夫陪他玩。唉 ，還是回家睡覺吧！

毛毛回到家，躺在牀上，對自己說：「眼皮垂下來，閉上一小會兒，就睡着

了！」

　　果然，不一會兒，小熊毛毛就睡着了。跑了一圈兒的小熊毛毛睡得好**甜**呀，就像舌頭嘗到了甘甜的蜜糖一樣甜！

舌＋甘＝甜

「睡」並不只是會意字

　　會意的造字方式是為了補救象形的不足，可以表示的意義更多。據統計，《說文解字》收錄會意字 1,167 個，比象形字、指事字多得多。

　　「**睡**」是由「目」和「垂」兩部分組成的，一般認為表示的是眼瞼下垂，也就是閉上眼。左邊的「目」表示字的意思與眼睛有關；右邊的「垂」既表示字的意思與下垂有關，也表示字的讀音與它接近。所以，一般認為「睡」是個會意兼形聲字。

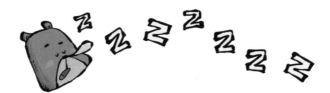

發掘更多會意字

　　「**林**」由兩個「木」字構成，「**森**」由三個「木」字構成，很多的樹木組成了森林。水少了，「**沙**」子就會顯露出來。舌頭嘗到了甘甜的東西，就是「**甜**」了。

　　其實還有很多有趣的會意字，大家可以慢慢去發掘。

看圖猜字

請觀察以下圖畫，猜猜它們代表哪些會意字。

喜歡多多的

很久很久以前，天神將一片土地分給了一個人，並且給了他一滴水、一簇火苗和一顆樹的種子。

「這也太少了，能不能讓我把這一

54

切都變得多多的？」這個人説。

於是，天神把變多的本領教給了他。

這個人高高興興地拿着一滴水、一簇火苗和一顆樹的種子來到了他的土地上，他把種子撒播到地裏。

種子很快發了芽，長成了一棵又粗又大的樹木。樹枝上還掛滿了紅彤彤的果子。「不錯，不錯，可是我喜歡多多的！」

　　這個人按照天神傳授的方法，折下一根樹枝，往地上一插，再唸上一段變多的咒語：「木呀木 ，我要多多的、多多的！」

　　慢慢地，一棵樹**木**變成了一片**森林**。

　　這時候，天黑了下來，森林裏變得又濕又冷。

　　這個人把一簇火苗拿了出來，有了火，他覺得身上暖和了一點兒。不過，他想要更多更多的**温暖**，一簇火苗是不夠的。

　　「火呀火，我要多多的、多多的！」這個人又唸起了咒語。

　　火苗越來越多，這個人覺得四周都變得**炎**熱起來。「哈哈，火也變得多多的了，我再也不用擔心夜裏濕冷的天氣了。」還沒開心太久，他就發現火苗已經變成了熊熊大火。糟糕，這樣下去會把整片森林燒光的！

我得趕緊把水拿出來，讓水變得多多的！只有多多的水才能澆滅 大火呀！

這個人拿出了一滴水，按照天神傳授的方法，對着水唸咒語：「水呀水，我要多多的、多多的！」

水很快從他手心裏流了出來，變成一條嘩嘩響的溪流，淼淼碧波向前流淌。

可是，雖然水變得多多的了，但水是朝同一個方向流的，又沒法追着火苗跑。

這個人只好拿着水桶　　，一桶一桶地潑着水，滅着火。然而，他費了半天的勁兒，火勢根本就沒見小。

「都怪我！什麼都要多多的！」這個人忍不住　號啕大哭　起來，「天神，天神，快救救我，我再也不要多多的了！」

幸好，無所不能的天神聽到了他的哭喊，趕緊伸出手指　，朝着他一指：「人啊人，我要多多的、多多的！」

在這個人四周，立刻出現了許許多的人。眾人在一起，取水的取水，抬水

的抬水，齊心協力地撲滅了大火。

這個人終於鬆了一口氣：「有時候，人也需要多多的。比如現在，我跟大家在一起，就特別開心  。」

會意字的組合

　　象形這種造字法主要是依照物體的輪廓、特徵來造字的，比如「日、月、山、水」這四個字，最早就是描繪日、月、山、水的圖案，後來逐漸演化成現在的字形。

　　而**會意這種造字法，是將兩個或者更多的字組合起來，表示新的含義**。構成會意字的這些字可能是不同的，比如「日」和「月」組合起來，構成「明」；還有一種情況，會意字是由相同的字構成的，比如兩個「火」字組合起來，構成「炎」。

　　除了故事中的「森」、「淼」（粵音：秒），還有很多漢字是由三個相同的字組合而成的。比如三個「日」組成「晶」、三個「口」組成「品」、三個「直」組成「矗」、三個「石」組成「磊」。

會意字順口溜

　　我們可以通過順口溜，來記住一些有趣的會意字。

一木**木**，二木**林**，三木**森**，林火**焚**；

一日**旦**，二日**昌**，三日**晶**；

單火**火**，二火**炎**，三火**焱**（粵音：驗）。

漢字趣味算術

請按指示將下面的字組成一個新的漢字。

木 ×3 = ☐   金 ×3 = ☐

水 ×3 = ☐   火 ×3 = ☐

土 ×3 = ☐

人 ＋ 兩 = ☐

人 ＋ 五 = ☐

人 ＋ 二 = ☐

人 ＋ 十 = ☐

交小孩兒

（知識點：偏旁）

漢字王國裏來了一位新朋友。大家都叫他「交小孩兒」，要看清楚喲，不是「變小孩兒」。

交小孩兒長得挺可愛的，大家都喜

歡他。所以，他一出現，

很多**偏旁**都爭着、搶着要

跟他在一起。

口字旁跑得飛快，他把交小孩兒往身邊一拉：「我倆在一起，保證你一輩子吃喝不愁。」沒錯，口字旁加上交字，就變成了**咬**字。

現在，交小孩兒見什麼咬什麼。

脆脆的餅，咬！

甜甜的糖，咬！

香香的肉，咬！

硬硬的鐵，咬——哎呀，咬不動！還差點把牙都崩掉了。交小孩兒捂着嘴巴喊：「我不咬了，不咬了！」

「那就跟我在一起吧！我帶你去玩

好玩的。」**足字旁**趕緊邁開腿跑過來。

足字旁和交在一起，變成了**跤**字。

他倆跑去找小雞玩，哎呀，一不小心摔了一跤。

他倆跑去找小狗玩，哎呀，一不小心摔了一跤。

他倆跑去找小豬玩，哎呀，一不小心摔了一跤。

他倆跑去找大象玩，哎呀，一不小心又摔了一跤，差一點兒被大象給踩扁了！

交小孩兒哇哇大哭：「不玩了，不玩了，一直摔跤，一點兒都不好玩！」

「那就跟我在一起吧，我帶你去玩好玩的！」**虫字旁**跑過來，對交小孩兒說。

「不要！我不要變成蟲子，要不鳥會欺負我，雞也會欺負我。」交小孩兒連連擺手。

「這你就不知道了吧，他們不光不會欺負我們，反而一見到我們就害怕！」虫字旁驕傲地説。他把交小孩

兒往身邊一拉，神奇的事發生了，他們
變成了一條張牙舞爪的**蛟**龍！

「蛟龍來了！」烏鴉哇哇叫着，拍着翅膀趕緊逃！

「蛟龍來了！」母雞咯咯叫着，領着小雞趕緊逃！

「蛟龍來了！」小牛哞哞叫着，招呼小羊趕緊逃！

「沒錯，他們都害怕我們！」蛟龍驕傲地說，他吐出一團雲，在天空中飛呀飛。飛到哪兒，哪兒的動物們都驚叫着要逃跑。

交小孩兒剛開始還挺得意，慢慢地，就覺得心裏空落落的。唉，當一條

兇巴巴的蛟龍，連個朋友都沒有，真沒意思啊。

交小孩兒飛過一所學校的時候，孩子們快樂的歌聲♪♪♪傳了出來，弄得他心裏癢癢的，他羨慕極了。

「我知道了，當一所學校最快樂！」

「那麼，我們在一起吧！」**木字旁**朝交小孩兒招了招手。

嗯，木字和交字在一起，就成了**校**字。學校裏，朋友多，在一起，真快樂！

71

漢字的家族

　　漢字也有家族，我們可以**把帶有相同部件的漢字分到一個「字族」**。學習漢字的時候，有一個小竅門，就是「**字族識字**」，也就是說，可以把一系列帶有同一個部件的字放在一起認識，比如偏旁相同的，或者擁有共同的部首的，還有讀音相同的等等。

　　比如，記住了「青」，由「青」分別加上不同的偏旁，就組成「清」、「請」、「情」、「晴」等字，形成「青」字家族。

$$氵 + 青 = 清$$

$$言 + 青 = 請$$

$$忄 + 青 = 情$$

$$日 + 青 = 晴$$

1. 漢字回家

請為下面的漢字找回它們的家,並用線連起來吧。

清　螞　嶺

霜　雹

請　蟻　峯

情　峽

蜂　峻　雷

晴　蛙　霧

青　虫　山　雨

2. 猜字謎

有馬能行千里,有水能養魚蝦,

有人不是你我,有土能種莊稼。

樹精爺爺過生日

（知識點：木字旁）

　　圓月的銀光灑下來，照得森林亮堂堂的。寂靜的森林裏，突然變得熱鬧起來，原來，今天是樹精爺爺三千歲的生日，大家從四面八方趕過來，為他

祝壽。

木**桌**子邁着四條腿咯噔咯噔地走來了。

「生日快樂，樹精爺爺！」木桌子說自己是由**松**木做成的，他很懷念以前在松林裏的日子。不過，當一張桌子也挺有用的，吃飯也好，寫字　　也好，人們都離不開他。

一張木頭**牀**也邁着四條腿咯噔咯噔地走來了。

「樹精爺爺，生日快樂！」木頭牀說自己是**杉**木做的，從前，杉樹林裏的

每一棵杉木都又高又直，他們總想伸長胳膊摘下雲朵呢。不過，當一張木牀也挺好的，人們躺在木牀上，總能做各種各樣的美夢 。

骨碌骨碌⋯⋯是誰來了？

原來是一對圓滾滾的小木**桶**。

「樹精爺爺過生日，我們當然要來！」小木桶們齊聲說，「我們從前也生活在森林裏，我們是由**柏**木做成的。」

嗒嗒嗒嗒⋯⋯是誰來了？原來是一根木頭拐**杖**，他說自己是由**桃**木做成

的，為了給樹精爺爺祝壽，還專門排練了一支舞呢。

「好！好！好！」樹精爺爺捋着鬍子呵呵笑，「看到你們都有出息，我太高興了。」說話間，樹精爺爺收到了一

張風吹過來的賀卡。

賀卡上面寫着：祝樹精爺爺**福如東海，壽比南山**！

「賀卡上沒有署名，這是誰寄來的祝福呢？」樹精爺爺忍不住嘀咕起來。

「是我呀，是我送來的祝福。」樹精爺爺手裏的賀卡突然説話了。

「樹精爺爺，我也是您的子孫啊。」賀卡説，「我是由很多小木塊打成的木漿做成的。」沒錯，如今很多紙也是由木頭做成的。

「我真高興，又來了一個有出息的

孩子！」樹精爺爺大笑道。

　　後來，又來了很多木頭製品，他們有的是由**楊**木做成的，有的是由**榆**木做成的，有的是由**樺**木做成的，有的是由**櫻桃**木做成的，有的是由**梧桐**木做成的⋯⋯

　　森林裏熱鬧極了。

「**樹精爺爺，生日快樂！**」

　　這時候，來了一個孩子。

　　樹精爺爺左看 右看 ，怎麼看也看不出他是一個木頭人：「孩子，

你不是我的子孫吧？」

　　「不是。」孩子乾乾脆脆地回答道，「不過，誰也沒有規定，只有您的子孫才能為您送祝福呀。樹精爺爺，生日快樂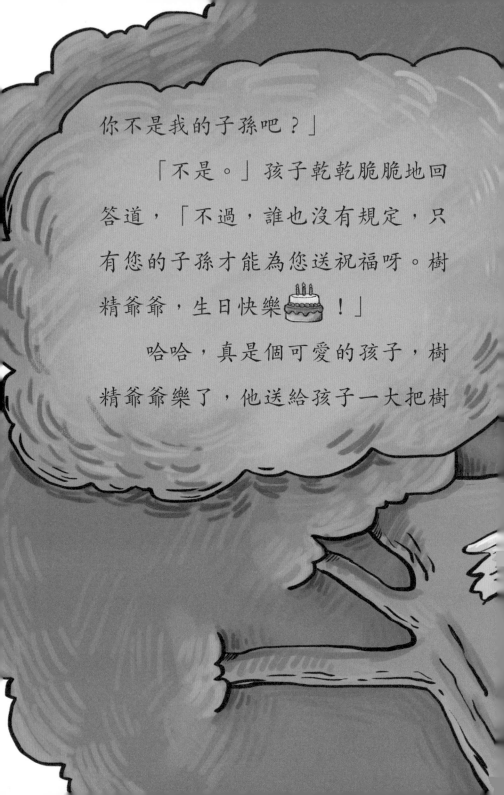！」

　　哈哈，真是個可愛的孩子，樹精爺爺樂了，他送給孩子一大把樹

龐大的「木」字家族

打開字典，你會發現木字旁的字組成了一個龐大的「木」字家族。

木字旁的字大多是形聲字。大多數情況下，「木」是形旁，另一半為聲旁。

有木字旁的字一般表示與樹木有關，表示各種樹木名稱，比如「桃、楓、楊」；或者形容樹木的狀態，比如「枯、朽、柔」；還有和樹木有關的動作，比如「植、栽、析（字的外形像用斧子伐木，引伸為分開的意思）」。

有木字旁的字有時表示與木頭有關，而且大部分是表示用木材作為製作材料，比如「杆、椅、櫃、案、杖」。房屋的建造也與「木」有關， 比如「樑、柱、棟、欄」。

「棟樑」本來表示建築物的大樑，由於大樑是支撐整棟建築物的關鍵與核心，所以，它也可以用來比喻「擔負國家重任的人」。

不過，也有一些包含「木」，而且字的意思同樣與木頭等有關的字，卻被歸入了其他部首，比如「牀」。

1. 小小觀察員

請觀察下圖，找出帶有木字旁的字。

2. 組合對對碰

除了木字旁，竹字頭的字也有很多。下面這些字，哪些能和木字旁組成新字，哪些能和竹字頭組成新字呢？

哎喲喲，小雨精

（知識點：雨字頭）

這些天來，雨精媽媽一直在教小雨精怎麼下一場雨。不過，小雨精嘛，學得有點馬馬虎虎。他想着：管他呢，能馬馬虎虎下場雨就好了。

　　這天早上，雨精媽媽把雲口袋、雷電棒都交給了小雨精，讓他去為大家下一場雨。因為雨精媽媽摔傷了腿，沒法出門。

「媽媽好幾天沒有出門工作了，這地上的花呀，草呀，菜秧呀，麥苗呀，恐怕都快渴死了 。」雨精媽媽說，「記得要下一場不大不小的雨。」

　　那就下一場雨吧。

　　小雨精跑到雲山上，去採了整整一口袋的雲朵。

　　然後，他又飛到了降雨台，打開了雲口袋，呼地吹了一陣風，把雲朵都吹了出去，再唸上一段咒語。

　　「哎喲喲，怎麼會這樣？」小雨精

眼前白茫茫的 ，別說遠處的山川河流了，就連低下頭，小雨精也看不見自己的腳趾頭。

好像是記錯咒語了，小雨精想，我把雨變成了 **霧**，霧可解不了地上那些花花草草的渴。

那麼，再來一次吧！

小雨精又呼地吹了一陣風 ，對了，還得敲敲雷電棒。

從雲口袋湧出去的雲朵籠罩了整片天空。天空陰沉沉的，像一層布把太陽遮住了。

小雨精緊緊地盯着雲層，突然又叫了起來：「哎喲喲，怎麼會這樣？」

從天空中飄落而下的是一片片白白的、輕輕的雪花！糟糕了，地上那些花花草草會被雪凍死的。

小雨精趕緊把雪收回來。不知道是咒語唸錯了，還是雷電棒敲得太輕了。

小雨精吸了口氣，狠狠地敲了幾下雷電棒。

咔嚓嚓，一道道閃電像要把天空撕裂一樣，雷聲也轟隆隆地響個不停。

呼呼——小雨精用力地吹着風。

亮晶晶的雨滴終於落了下來，小雨精剛想歡呼，突然又覺得不太對勁。

瓢潑大雨嘩嘩嘩地下着，好像還夾雜着一些 劈劈啪啪 的聲音，小雨精定睛一看：「哎喲喲，不好啦，雨太大了，而且還摻着冰雹呢，這會讓地上的花花草草都受傷的！」

小雨精手忙腳亂地收回了暴雨。都怪自己降雨學得馬馬虎虎的，現在才知道，想要下一場正確的雨，有多麼難！

小雨精仔細地回想咒語，重新認認
真真地唸了一遍。

滴答、滴答……雨點歡快地落着。

這回，小雨精終於歡呼起來：「哎喲喲，終於對了！瞧這些花花草草，多精神呀！哎喲喲，我可真了不起，真了不起  ！」

「雨」字頭家族

在「雲、霧、雪、電、雷、雹」這些字中，全都**帶有雨字頭，說明這些字的含義和雨有關**。

我們先來看看「雨」字。「雨」的甲骨文寫作 ⺆⺆，是典型的象形字，上面一橫是天空或者雲，下面則是小雨滴。

再來看「雲」字，甲骨文寫作 ㇆，就像天空中形態各異的雲彩，金文的字形也沒有大的變化。不過到了小篆，也許是因為雲和雨有密切的關係，所以雲字加了個「雨」字頭，寫作 雲 。

「電」的金文寫作 電。上面是「雨」，下面像閃電，合在一起，表示下雨並伴隨着閃電，所以，「電」最初指的就是閃電。

下雨了

通過故事，我們已經認識了不少「雨字頭」的字，請你幫幫小雨精，看看還有哪些字能和「雨」組成漢字。請把這些字圈起來，並將完整的字寫在右邊。

抓捕變形大盜

(知識點：查字典的方法)

在童話城裏，來了個變形大盜，這是一個非常可怕的傢伙，他把大家的笑聲全都偷走了，整個童話城變得沒精打采的，連每一幢房子尖尖的房頂都耷拉

一定要抓住

了下來。

　　嗅嗅警長布下了天羅地網，可變形大盜太狡猾了！他會變形，變成一個皮球從嗅嗅警長身邊滾了過去。

　　「不好！剛才那個皮球是變形大盜變的！」嗅嗅警長聞出了味兒，立刻追了上去，可哪裏有皮球的蹤影呀？

　　嗅嗅警長東聞聞、西聞聞，終於在

一本字典前停了下來。

「糟糕，狡猾的變形大盜鑽進了字典裏！」嗅嗅警長這才明白，自己遇到了一件麻煩事！

字典裏有太多太多的字了！

　　而且全都散發着淡淡的 油墨香 ，變形大盜藏在字典裏，哪怕自己的嗅覺再敏銳，也沒法抓住他！

　　「 字典字典 ，請你把變形大盜抖出來！」嗅嗅警長向字典發出請求。

　　「對不起，我可做不到。」字典慢吞吞地說，「不過，變形大盜雖然能變成一個字，藏進字典裏，但他所變成的字，都會跟『偷』啊，『盜』啊有關。抓捕一個字，也是有方法 的。來，我偷偷告訴你……」

　　「啊，我知道了！」嗅嗅警長說，

「那我找一找『盜』字，我知道『盜』怎麼讀，**d-ao（dao）**。在**音節表**中先找聲母 d，再在 d 下面找韻母 ao。呀，他在第 111 頁！我去抓捕他！」

嗅嗅警長立刻行動，要求字典翻到第 111 頁。

嘩——嘩——字典翻到了第 111 頁。

「盜！我看到了！」嗅嗅警長剛要用不乾膠黏住「盜」字，「盜」字就立刻跑沒影了！

「他溜走了！」

「下次你別嚷嚷。」字典低聲跟嗅嗅警長說道，「要悄悄地行動，出其不意才對呀。這一次，讓他逃掉了，你得換一種方法尋找他。我想，變形大盜藏在字典裏，可能也跟『偷』有關，『偷』和『盜』是差不多的意思。這一次，你可以從『偷』字入手，抓捕他！」

「我知道了！」嗅嗅警長在字典的點撥下，又掌握了新的方法，「『偷』字嘛，要先**查人字部（亻）**，找到人字部後再數剩

下的**筆畫**，我來數一數，一、二、三……九！」

　　嗅嗅警長數清了「偷」字的筆畫，在**檢字表**裏找到了他。

　　「偷字在第 222 頁！」嗅嗅警長悄悄地摸出一卷不乾膠，翻到字典的第 222 頁。他一看到「偷」字，就眼明

「饒命！」

手快地把不乾膠摁了上去！

那個「偷」字果然是變形大盜變成的！

「快交出你盜取的笑聲！」嗅嗅警長啪的一下把魔法手銬銬在了變形大盜的手腕上。這下，變形大盜可逃脫不了了！

「嗅嗅警長可真了不起呀！」在押送變形大盜的途中，到處能聽見人們的掌聲。當然啦，還有嗅嗅警長為大家找回來的歡笑聲！

101

查字典有法

一、音序查字法：這種方法簡單易學，只要你能熟練**掌握中文拼音的拼法**，就可以用這個方法查字典了。例如想查父母的「母」字怎麼寫，你可根據它的讀音，先從「漢語拼音音節索引」中找到 m 的大寫字母「M」，再查帶有「u」這個音節的拼音「mǔ」，翻到對應的頁碼就能找到「母」字。

二、部首查字法：這種方法也很簡單，如果我們**知道某一個字的字形，還想知道它的讀音和字義時就用部首查字法**。例如查「請」字，先確定它的部首是「言」，按「言」的筆畫數在「部首索引」中找到「言」部的頁碼。然後根據部首頁碼，在「檢字表」裏找到「言」部，再按照餘下的筆畫數，即是「青」，在「言」部八畫中找出「請」字的頁碼，翻到對應的頁碼就找到啦！

三、數筆畫查字法：這種方法我們平時不常用到，但是也要掌握喲。如果知道某一個字的字形，還想知道這個字的讀音和字義，卻**很難判定這個字（這些字一般都是獨體字和難檢字）的部首時，就可以用數筆畫查字法**。例如查「凸」字，首先要數一數有幾畫，數過之後知道它有五畫。在「筆畫檢字表」五畫中找出「凸」字的頁碼，再翻到對應的頁碼就查到了。

1. 猜字謎

老師不説話，肚裏學問大，

有字不認識，可以請教它。

2. 查一查

請用部首查字法在字
典裏找右面的字，把
頁碼寫出來並組詞。

piāo	飄
shǒu	首
chí	池
jī	機

3. 幫一幫

小明非常喜歡古詩。這天，鄰居家的老爺爺教他背了
一首古詩，回到家他就想動筆記下來。可是，小明很
多字都不會寫，你能根據右面的拼音幫幫他嗎？

_____ _____ 西湖六月中，

風光不與四時同。

① bì ② jìng

_____ 天蓮葉無窮 _____ ，

_____ 日荷花別樣紅。

① jiē ② bì ③ yìng

參考答案

P.13
趣味字謎

字謎 1：日　　　　字謎 2：香　　　　字謎 3：立

猜猜看

日；鳥；禾；田

P.23
連連看

排排坐

1. 2. 3. 4. 5.

P.33
猜字組詞

甲骨文	現今的字	組詞❶	組詞❷
	水	水滴	雨水
	川	山川	川流不息
	北	北半球	北極
	從	從前	隨從
	術	手術	美術
	木	樹木	木頭

（更多組詞例子：水：水分、水流、汗水；川：川菜、川劇、高山大川；北：北方、南北、北斗；從：服從、從中、無所適從；術：戰術、算術、魔術；木：木偶、草木、積木。）

P.43
上下左右拼

尖、吠、歪、卡

P.53
看圖猜字

　明

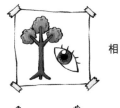　相

　從

　採

P.63
漢字趣味算術

木 x 3 ＝ 森 　　　人 ＋ 兩 ＝ 倆
金 x 3 ＝ 鑫（粵音：音）　　人 ＋ 五 ＝ 伍
水 x 3 ＝ 淼　　　　　　　人 ＋ 二 ＝ 仁
火 x 3 ＝ 焱（粵音：驗）　　人 ＋ 十 ＝ 什
土 x 3 ＝ 垚（粵音：遙）

P.73
漢字回家

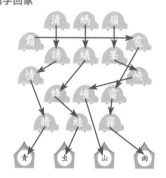

猜字謎
也

P.83
小小觀察員

組合對對碰

木字旁：杜、李、材、杯；
竹字旁：筷、笛、笨

P.93
下雨了

霜、需、露、霄、震、零

P.103
猜字謎
字典

查一查
飄：風部（飄揚、輕飄飄）；首：首部（首
先、首屈一指）；池：水部（水池、池塘）；
機：木部（飛機、機器）
（字典頁碼：略）

幫一幫
畢竟西湖六月中，風光不與四時同。
接天蓮葉無窮碧，映日荷花別樣紅。

童話大語文

漢字篇（上）漢字的演變

原 書 名：《童話大語文：漢字的時空旅行》
作　　者：陳夢敏
繪　　者：冉少丹
責任編輯：潘曉華
美術設計：劉麗萍
出　　版：新雅文化事業有限公司
　　　　　香港英皇道 499 號北角工業大廈 18 樓
　　　　　電話：（852）2138 7998
　　　　　傳真：（852）2597 4003
　　　　　網址：http://www.sunya.com.hk
　　　　　電郵：marketing@sunya.com.hk
發　　行：香港聯合書刊物流有限公司
　　　　　香港荃灣德士古道220-248號荃灣工業中心16樓
　　　　　電話：（852）2150 2100
　　　　　傳真：（852）2407 3062
　　　　　電郵：info@suplogistics.com.hk
印　　刷：中華商務彩色印刷有限公司
　　　　　香港新界大埔汀麗路 36 號
版　　次：二〇二四年一月初版

ISBN: 978-962-08-8308-8
Traditional Chinese Edition © 2024 Sun Ya Publications (HK) Ltd.
18/F, North Point Industrial Building, 499 King's Road, Hong Kong
Published in Hong Kong SAR, China
Printed in China